斗士帕科

TORO! TORO!

〔英〕迈克尔·莫波格（Michael Morpurgo） 著

〔英〕迈克尔·福尔曼（Michael Foreman） 绘 付添爵 译

U0646596

湖南文艺出版社
HUNAN LITERATURE AND ART PUBLISHING HOUSE

小博集
BOOKY KIDS

TORO!TORO!
Text copyright © Michael Morpurgo 2001
Illustrations © Michael Foreman 2001
First published in English in Great Britain by HarperCollins *Children's Books*, a division of
HarperCollins*Publishers* Ltd.
Translation © China South Booky Culture Media Co., Ltd. 2023 translated under licence from
HarperCollins*Publishers* Ltd.
The author/illustrator asserts the moral right to be identified as the author/illustrator of this work.

著作权合同登记号：图字18-2022-043

图书在版编目（CIP）数据

　　斗士帕科 /（英）迈克尔·莫波格
（Michael Morpurgo）著 ；（英）迈克尔·福尔曼
（Michael Foreman）绘 ；付添爵译. -- 长沙 ：湖南文
艺出版社，2023.1
　　书名原文：Toro! Toro!
　　ISBN 978-7-5726-0843-8

　　Ⅰ．①斗… Ⅱ．①迈… ②迈… ③付… Ⅲ．①儿童小
说—长篇小说—英国—现代 Ⅳ．①I561.84

　　中国版本图书馆CIP数据核字（2022）第161992号

上架建议：儿童文学

DOUSHI PAKE

斗士帕科

著　　者：［英］迈克尔·莫波格（Michael Morpurgo）
绘　　者：［英］迈克尔·福尔曼（Michael Foreman）
译　　者：付添爵
出 版 人：陈新文
责任编辑：吕苗莉
监　　制：小博集
策划编辑：马　瑄
特约编辑：王佳怡
营销支持：付　佳　杨　朔　付聪颖　周　然
版权支持：刘子一
装帧设计：霍雨佳
出　　版：湖南文艺出版社
　　　　　（长沙市雨花区东二环一段508号　邮编：410014）
网　　址：www.hnwy.net
印　　刷：河北鹏润印刷有限公司
经　　销：新华书店
开　　本：875 mm×1230 mm　1 / 32
字　　数：43千字
印　　张：3.75
版　　次：2023年1月第1版
印　　次：2023年1月第1次印刷
书　　号：ISBN 978-7-5726-0843-8
定　　价：21.80元

若有质量问题，请致电质量监督电话：010-59096394
团购电话：010-59320018

序

　　这已经不是我第一次为英国桂冠作家迈克尔·莫波格的作品写导读了。我认为，一位作家心中若没有爱，是不可能写出这样的作品的；我还认为，一位作家心中若没有博大的爱，是不可能写出这些作品的。这就是我对迈克尔·莫波格的评价。

　　我的评价不仅源于对迈克尔·莫波格作品的了解，更是因为这些作品所涉及的历史背景。这六部作品中《猫王子卡斯帕》以 1912 年在首航中沉没的泰坦尼克号为背景，《蝴蝶狮》以 1914 年至 1918 年的第一次世界大战为背景，《斗士帕科》的背景是 1936 年至 1939 年的西班牙内战，《花园里的大象》的背景是 20 世纪中期的第二次世界大战，《亲爱的奥莉》的背景是 1994 年爆发的卢旺达内战，《影子》的背景是 21 世纪初的阿富汗战争，六部作品的历史背景时间跨度长达一个世纪。

从中，我们可以清晰地看到，除《猫王子卡斯帕》外，另外五部作品均与战争有关，即便是与战争无关的《猫王子卡斯帕》也是以广为人知的海难——泰坦尼克号沉没为历史背景的。因此可以说这六部作品所讲述的故事代表了亚非欧三大洲的人们所经历的苦难。

迈克尔·莫波格非常擅长从真实的历史事件中取材，将人和动物这些个体生命的故事融入真实的历史事件中，从而大大增强了作品的历史厚度。《斗士帕科》和《花园里的大象》分别取材于西班牙内战中的绍塞迪利亚大轰炸和第二次世界大战中的德累斯顿大轰炸。在《蝴蝶狮》的前言中，我们也可以读到狮子的原型取材于第一次世界大战法国战场发生的真实故事。毫不夸张地讲，在我的阅读生涯中，到目前为止，《蝴蝶狮》是唯一一部只看前言就能让我泪流满面的作品，在前言有限的文字中，作家客观地讲述作品的创作过程，字数虽少信息量却极大，让同为作家的我深受震撼。

在这些作品中，迈克尔·莫波格以他最擅长的笔调，不预设意识形态立场，站在人道主义的高度来书写苦难中的人性，去讲述战争对个体生命摧残的故事。这些个体生命不仅包括人还包括动物，我曾在一篇文章中写过，动物是迈克尔·莫波格作品中必不可少的一分子，他擅长通过描写动物的遭遇来触动人内心中最柔软的部分。《蝴蝶狮》里的狮子白雪王子，《亲爱的奥莉》里的燕子英雄，《斗士帕科》里的小公牛帕科，《猫王子卡斯帕》里的黑猫卡斯帕，《花园里的大象》里的大象玛琳，《影子》里的嗅探犬影子，这些可爱的动物本应无忧无虑地生活，却都因战争或灾难的到来，与它们的人类朋友一样，遭受着苦难。我相信所有的读者在阅读时都会一边读一边默默地为它们祈祷。

　　细心的读者在阅读中，一定能体会到这六部作品是从迈克尔·莫波格所创作的约一百五十部中长篇作品中精心挑选的，它们分别代表了作家不同阶段的创作风格。《蝴蝶狮》出版于1996年，《亲爱的奥莉》出版于2000年，《斗士帕科》出版于2001年，这三部作品可以看成一个阶段；《猫王子卡斯帕》出版于2008年，《花园里的大象》出版于2010年，《影子》出版于2010年，这三部作品属于另外一个阶段。但无论哪个阶段，迈克尔·莫波格总是能够从适合儿童心理的角度来讲述故事，以人物遭遇或是名字巧合为切入点引出故事，《蝴蝶狮》中的我从寄宿学校逃跑出来后巧遇老妇人，引出当年也是从寄宿学校逃跑出来的伯蒂和他收养的小狮子的故事;《斗士帕科》里的爷爷和孙子在关于各自"说谎"的交流中带出黑色小公牛帕科的故事;《花园里的大象》中的卡尔与故事主人公莉齐的弟弟卡尔利名字相似,引起莉齐的注意及好感,由此带出了大象玛琳的故事;《影子》也是由同为棕白相间的史宾格犬多格带出驻阿富汗英军嗅探犬影子(波利)的故事。我们可以看到迈克尔·莫波格讲述故事的方式,与家长给年幼的孩子讲故事的方式完全一致,使小读者从阅读之初就产生亲近感和真实感。

六部作品除《亲爱的奥莉》外,迈克尔·莫波格均采用他惯用的内视角,即第一人称叙事,这种叙事者本身的个体性感知,能更真切地表现苦难亲历者所遭遇的内心痛苦,更容易同化读者,形成文本强大的张力,这也正是作家一贯的叙事风格。六部作品中《影子》的叙事结构相对复杂,采用了多角度叙事,分别从马特、外公、阿曼的视角讲述故事。多角度叙事要求作家具有高超的写作技巧和强大的把握故事的能力，这种叙事方式在他后期的作品里经常出现，从中我们可以看出迈克尔·莫波格没有停留在自己的创作舒适区，而是在不断地挑战自己、突破自己。

从这些作品中，我们可以看到迈克尔·莫波格对战争一贯的批判和反思态度。《花园里的大象》里的主人公德国人莉齐的父亲、母亲以及伯爵夫人，《亲爱的奥莉》里放弃学业远赴非洲卢旺达从事志愿工作的马特，他们的身上都散发着和平主义者的光芒。其他几部作品中虽然没有出现反战者，却通过战争带给主人公和动物们的苦难来批判战争。尤其是在《影子》中，我们可以发现作家具有强烈的现实动机，作家正是通过作品来表达自己对战争的批判、对现实世界的思考，因为就在今天，在世界上的一些国家和地区仍然还在上演着这样的悲剧。

然而，这并非迈克尔·莫波格这些作品真正的现实意义。当我们读到《影子》中阿富汗哈扎拉族少年阿曼对和平生活的向往、对影子的关爱以及马特一家、英军中士布罗迪对阿曼的帮助时，当我们读到《亲爱的奥莉》中被地雷炸断右腿的马特看到燕子英雄受伤的右脚后萌发出再回卢旺达从事志愿工作的想法时，我们就会发现，作家书写主人公在面对战争和苦难时所表现出的勇敢、坚强、博爱、尊重和宽容才是真正的现实意义所在。

最后，希望我们的读者能够从迈克尔·莫波格这套作品中汲取丰富的精神营养，从而成长为一个勇敢、坚强、博爱和宽容的人。

全国优秀儿童文学奖、2015"中国好书"获得者，
《将军胡同》作者 史雷
2022 年 7 月 22 日于北京西山

仅以本书献给埃洛伊塞

缘 起

去年秋季的某一天，我在西班牙南部的安达卢西亚[1]山上漫步时，偶然来到一个农场，那里饲养着专门用于斗牛的黑公牛。那天我还到达了一个树木繁茂的山坡，在那里能俯视一个废弃的村庄——绍塞迪利亚[2]。

这个偏远的村庄在西班牙内战[3]早期就因轰炸而烧毁——这是欧洲历史上第一次对平民发起的蓄意空

1. 西班牙南部一处富饶的自治区，盛产橄榄油。——译者注（除特别说明外，本书脚注均为译者注。）
2. 绍塞迪利亚现隶属埃斯特雷马杜拉自治区的卡塞雷斯省。
3. 西班牙内战（1936—1939年）是共和国政府军与西班牙人民阵线左翼联盟对抗以弗朗西斯科·佛朗哥为中心的西班牙国民军和长枪党等右翼集团的战争，被认为是第二次世界大战的前奏。这场战争首次出现飞机对不设防城市的大规模轰炸。

袭。自此以后，格尔尼卡、华沙、伦敦、德累斯顿、广岛，[1] 以及世界各地数以千计的其他城市、小镇和村庄都遭此厄运。悲剧变得司空见惯，唯有遗憾充斥人间。

那天，当我瞥见一群威猛强壮的黑公牛，再看到废墟中的绍塞迪利亚时，心中灵感迸发，开始落座写作。但我需要先做一些功课去了解下斗牛和西班牙内战。后知悉，这场可怕的战争发生在 20 世纪 30 年代，是西班牙的左翼共和党和法西斯右翼民族主义者之间为争夺西班牙的控制权而进行的斗争。双方恶战

---

1. 格尔尼卡是西班牙中北部的一个城镇；波兰首都华沙、英国首都伦敦都在第二次世界大战中遭到严重破坏；德累斯顿是莫波格的另一部小说《花园里的大象》(*An Elephant in the Garden*) 中的故事发生地，在德国；日本本州岛西部滨海城市广岛在第二次世界大战时曾遭到美国原子弹的破坏，后于 1958 年重建。

多年，最终，民族主义者在法西斯党魁佛朗哥[1]的带领下成为获胜的一方。直到 1975 年佛朗哥去世，西班牙才成为一个民主国家。

这就是本书《斗士帕科》的写作缘起。小说讲述的是历经那场战争的孩子们的故事，一个关于西班牙的故事，一个关于公牛和斗牛的故事，一个关于祖父（我也当了祖父）和孙儿的故事。

希望你们能够喜欢。

迈克尔·莫波格

2001 年 10 月

---

1. 弗朗西斯科·佛朗哥于 1936 年发动西班牙内战，并于 1939 年开始独裁统治西班牙，长达 30 多年。

目 录

帕科降生

　　我有一个优秀的孙儿，今年八岁。作为他的祖父，我颇感自豪。我们亲密无间，不知何故，虽然我们的年纪相差六十岁，但总能心灵相通，好似一对孪生兄弟。我们不光拥有相同的姓氏，还拥有相同的名字。现在，别人都叫我阿贝罗[1]，但我小的时候大家都喊我安东尼托。所以，我的孙儿也叫安东尼托。这个名字让我忆起过往，往事浮现。

────────────

1. 西班牙语"Abuelo"是"爷爷、祖父、外公"的意思，这里采用音译。

在昨天之前，做祖父还只是一种简单的快乐——可以尽享天伦之乐，少有忧虑与悲伤。但昨天下午，在他的卧室里，安东尼托问了我一个问题，而回答这个问题必须要准确、真诚、毫无隐瞒。

一切因一件小事而起。当时正是午休时间，安东尼托很无聊，就像孩子们那样随意玩闹。结果一个不小心，他把足球踢进了窗户。当他的妈妈怒气冲冲地跑到花园里时，安东尼托正穿着他的巴塞罗那[1]球衣站在那里，一副有罪的样子。他没有跑掉——因为他不是那样的小孩。周围只有我和猫咪，当时我们正在花园尽头的合欢树下小憩，离"犯罪"现场很远。所以，安东尼托一定是"元凶"。他要为此负责，而我则爱莫能助。

"安东尼托！我跟你说过多少次了……"此刻，

---

1. 巴塞罗那足球俱乐部，简称"巴萨"，是西班牙足球甲级联赛传统豪门之一，于1899年由胡安·甘伯创立。

我看到他已经皱起了下巴，就知道泪水一定在他的眼睛里打转了。我甚至在他开口前就能猜到他要说什么。"不是我干的，真不是我，没骗你。"语气是极其坚定，态度是坚决反抗。当被问及到底是什么原因时，他对着母亲傲慢地耸了耸肩，噘起嘴唇，拒绝回答。

这个耸肩的动作足以让他的妈妈暴跳如雷、勃然大怒，她骂他是"一个粗心大意、谎话连篇的讨厌的家伙，应该为自己感到羞愧"。随后，安东尼托被赶回了自己的卧室。过了一会儿，我听见他在里面号啕大哭，然后又在痛苦和羞愧中低声啜泣。我真想上楼去安慰他，但我得等待时机，直到确信他的妈妈出门了（爷爷们处理这种事的时候一定得小心），然后才进屋上楼去。我先敲了敲门，然后打开。

安东尼托正坐在床上，下巴仍然皱着，这时他发现是我进来了。"你好，小伙计。"我边说边走过

去在他身边坐下。我们俩都不知道该说些什么,所以
什么也没说。我们经常在一起时一言不发。沉默了一
会儿后,一个问题打破了沉默:"爷爷,你小时候做
过错事吗?我是说,非常糟糕的事。比如,你说过
谎吗?"

"说过很多。"我说。这是事实，但我应该就此打住。不过，为了引起共鸣，让他感觉好一点，我继续说："我跟你说，安东尼托，我小时候可比你擅长处理做错了的事。至于说谎嘛，我也很擅长。"

他抬起头，瞪大眼睛看着我。"没骗我？"他说。

"没骗你，"我回答，"我还会对你撒谎吗，安东尼托？"

之后他笑了，擦去脸上的泪痕。我觉得我说到了点子上。

"你现在愿意下楼和我一起收拾玻璃碎碴吗？"我问他，"然后等你妈妈回来后，你就可以和她讲和了，是不是？"

但我看得出，在我提建议的时候，他没在听我说话。

"爷爷，"他说，"你小时候做过的最最糟糕的事是什么？"

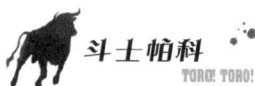

　　我没想到他会将话题就此延伸。现在我成了当事者，要从一大堆最糟糕的事情中拣选并讲述。但他要我讲出"最最"糟糕的，我马上就想到了那件事。近七十年过去了，我没有向任何人说起过——这并不是真实的故事，或者说，并非全真，真假参半吧。不知怎的，我觉得现在似乎是讲这件事的最佳时机，而且如果说谁有权利知道这件事，那也应该是我的孙儿。在某种程度上，我觉得这是他与生俱来的权利，是他应得的"遗产"。我也知道他希望我告诉他真相，所以我对他毫无保留地和盘托出。

　　"安东尼托，要是我现在告诉你一些事，"我说，"这将是我们之间的秘密，不能让别人知道，除非有一天你也当了爸爸，然后你可以告诉自己的孩子。这是此事的唯一告知方式。毕竟，我要说的是我们的过去——当然也是你和你将来孩子们的家族经历。所以，在那之前要严守秘密，能保证吗？"

"我保证。"他说。我知道他是认真的，因为从他的眼神里我能感觉到那种信守承诺的决心。于是我开始讲述。

"我并不是一直住在马拉加市的这个镇上，这一点你已经知道了，不是吗？我以前不是告诉过你吗，我是怎么在农场出生，然后怎么在动物遍野的乡下长大？"

这些年来，我给他讲了很多关于我在安达卢西亚乡村童年的故事——他喜欢听所有关于动物的故事。但这次我答应告诉他一些更动人心魄的事，看得出他满怀期待。

"这不仅仅是我的另一个动物故事，安东尼托——嗯，在某种意义上，我想可以这么说。这可能会是我向你讲述过的最重要的故事，因为这个故事改变了我的人生。现在，我从头讲起，你准备好了吗？"

* * * * *

1930 年 5 月 1 日，我出生在绍塞迪利亚村外的一个小农舍里。家里总共四口人，我、比我大十岁的姐姐玛丽亚，还有父亲和母亲。当然，我们家族还有些叔叔、阿姨和堂兄弟姐妹，整个村庄就像一个大家庭。但我们可以跳过这些，从我五岁那年另一个生命的降生开始讲起。

农场不属于父亲，因为在那个年代，几乎没有人

拥有自己耕种的土地——我们只是承包务农。那时的生活很艰苦，但我对此知之甚少。对我来说，这是一个神奇的成长之地。那里到处都是软木林——我们每隔九年就会砍木伐树，收获软木，然后用来做成酒瓶的软木塞。我们养的小黑猪到处乱跑，还养了几十只山羊，可以为我们提供奶水和奶酪。此外，我们还养鸡，这样就永远不缺做煎蛋卷用的鸡蛋。我们还有骡子，可以从山坡上驮软木下来，当然，还喂养马。在那个年代，每个人都有匹马或骡子，所以，当我会走路的时候就会骑马了。

但重点要说的还是我们养的牛，它们不是你在乡下经常看到的那些如红棕玫瑰般可爱的小牛。我们养的牛黝黑发亮、健硕勇敢。我父亲只喂养黑色公牛，专供斗牛场斗牛。算上所有的小牛犊，有五六十头。我父亲总说，它们威猛强壮，是安达卢西亚最好的斗牛。当我还是个小男孩的时候，我会花上好几个

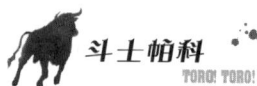

小时站在篱笆上，看着它们，惊叹于它们那狂野不羁
的眼神，看起来肃杀凌厉的头角，还有那黝黑闪亮的
皮毛。我喜欢它们抬起头对着我哼鼻子的样子，也喜
欢它们用蹄子刨地，扬起大片灰尘和污垢的样子。对
我而言，它们简直是普天之下最高贵、最令人兴奋的
物种。

在那个年龄，我还没有成熟的想法，也不明白
为什么要喂养它们。它们只是在畜栏里吃草，只是我
生活的一部分景观。我没问过这样的问题，至少在五
岁的时候没问过。在软木林里，我能看到林子里的赤
鹿、灌木丛中飞奔的野猪和天空中高高飞翔的鹰鹫。

我也没问它们在那儿干什么。当你五岁的时候，生活似乎很简单。然后，帕科出生了，战争爆发了，轰炸机飞来了，一切都不再简单了。

帕科出生的那晚，电闪雷鸣，大雨倾盆。我记得父亲问我害不害怕，我说不怕，但其实口是心非。玛丽亚说我害怕了，虽然我俩有时争得不可开交，但姐弟连心，互为知己。之所以那天晚上我和父亲走到外面的暴风雨里，是因为我要向玛丽亚证明自己并不害怕。我跟着父亲摇摇晃晃的灯笼穿过院子来到畜棚，希望并祈祷闪电不会看到灯笼，然后把我们电死。

我们到达畜棚的时候，牛妈妈正躺在地上，尾巴底下已经露出了两只小白脚。我待在一旁，看到父亲蹲在牛妈妈身后，抓住小牛的双脚，身体后倾，向外拖着它。棚子里回响着哼哼声（父亲在哼哼着使劲拖拽，母牛在哼哼着使劲生产）。生产很快就结束了，只有少量的出血。牛犊很滑溜地来到了母体之外的世界，躺在那里，浑身黝黑发亮，在稻草里冒着热气，它正摇着头挣脱紧裹着身体的那层胎膜。

"是头公牛，"父亲告诉我，"我们有了一头非常棒的小公牛。"他跪在它身边，抬起它的头，把一根稻草戳进它的鼻孔。"这将有助于它更好地呼吸。"他说。

这时，牛妈妈试图站起来。父亲迅捷地躲到一边，还捎带上我。她朝我们咆哮，恶狠狠地瞪着我们，明确表示她不想让我们靠近她的孩子。但是，她拼尽全力却仍然站不起来。她似乎没有那么大的力气了。一次又一次，她总是差点就成功了，但双腿却突然瘫软，又跌倒了。最后她放弃了，坐在那里喘着粗气，看上去又困惑又害怕。父亲尽其所能地帮助她，但她那时唯一的反应就是愤怒地朝他甩角。父亲对着她大声喊叫，拍着她的身体，扭着她的尾巴——为了给她些刺激，让她赶紧站立起来。但无论如何，她都站不起来。

"小牛犊必须得吃奶，而且要快，"父亲告诉我，"否则它就活不下去了。牛妈妈必须站起来，不然小牛犊就吃不到奶。"

我也同父亲一起，对着牛妈妈尖叫大喊，鼓励她站起来，拍打她的身体，急得上蹿下跳。但牛妈妈还是站不起来。她现在侧身躺着，已经精疲力竭了。

"现在只有一个办法了。"父亲说。他在牛妈妈身边蹲下来，把一些牛奶挤进桶里。然后，把牛奶倒进一个有奶嘴的瓶子里，抬起小牛的头，让奶滴进它的喉咙里，直到它开始吮吸。自始至终，小牛犊都在抗拒，拒绝奶瓶，拒绝父亲。

"我们得到了一头勇敢的小牛犊，"父亲说，"我来抱着他，安东尼托，你来喂它。"随后，他把瓶子递给了我。

于是我亲自喂那头小牛。我一边喂它，一边跟它

说话，它立刻平静了许多。我告诉它它长得有多棒，它将成为全西班牙最好的公牛。它一边吮吸着，一边看着我，我也看着它，我们四目对望，我深深地爱上了这头小牛犊。过了一会儿，父亲不需要再抱着它了。我告诉父亲，它应该起名叫帕科。父亲说，对这样一头勇敢的公牛来说，这个名字很好、很合适。但我能看出父亲越来越担心帕科的妈妈，因为她的身体

在不断变得虚弱。尽管父亲尽了最大的努力，但仅仅
几小时后，这位牛妈妈还是咽下最后一口气，闭目而
去了。当晚，我第一次目睹了出生，也第一次目睹了
死亡。

起舞斗牛

　　帕科很快就站了起来。我蹲在角落，看它蹒跚地迈出第一步。之后每隔几小时，我们就去畜棚喂它。我发现必须把奶瓶倒斜着，这样它才能从瓶子里吸奶。刚开始的时候，我会站在那里，朝它挥舞瓶子，然后叫它到我身边来。仅仅过了几天，我就不需要这样做了。只要我一打开畜棚的门，它就小跑着过来，它吃奶的劲很大，我所做的就是牢牢抓住瓶子。糟糕的是，如果奶头堵了或者它不能很快把牛奶喝完，它就会对我不耐烦，突然用头抵撞奶瓶，好像要把它一

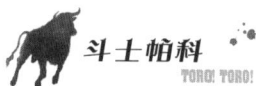

口吞下去，然后奶瓶就会掉到畜棚的地板上。

起初，父亲、母亲或玛丽亚会一直在那儿陪着我照看帕科。玛丽亚说照料小牛犊这事看起来很容易，坚持要换她来做。让我幸灾乐祸的是，帕科对她大发雷霆，用头顶了她的屁股。从此，玛丽亚再也没有要求照看它了。他们很快意识到，帕科跟我在一起时总是很温顺、听话，我一个人也能把它照顾得很好。在那之后，他们就让我一个人去喂养帕科，这正合我意。

记忆中，那些扮演帕科妈妈的日子是我童年时最快乐的时光。我走到哪儿，帕科就如影随形地跟到哪儿。我会用绳圈套在它的脖子上，带它去软木林散步。我没有必要拖着它——反正我也拖不动，因为对我来说，它太强壮了。它似乎很自然地就跟上了我的步伐，而且总是用身体轻推我，提醒我它在那里，或者提醒我又到了喝奶时间。那些日子，我们俩变得形

影不离。

　　然而，没过几星期，一天早上，一切都结束了。母亲试图向我解释为什么这一切必须结束。

　　"你做得很好，安东尼托，"她说，"你父亲为你感到骄傲，我也是。没有人能给帕科一个更好的生命开端，除了你谁也做不到。但如果它想成为一头真正的公牛，一头适合斗牛的公牛，那你就不能再照看它了，谁都不能。我们现在对它太温柔了，它必须变得狂野。你要知道，帕科就是为这个而生的。"

我不明白母亲在说什么，也不在乎她所说的。我只关心帕科将要从我身边被带走了。

"而且，"她接着说，"它有一头母牛做妈妈会更好。你父亲为它选了一个合适的妈妈。她自己也有一头小牛犊，但她还是能挤出很多奶来，足够帕科喝了。母牛可能需要一两天才能接受它，但你父亲会照看好，帕科不会有事的，你放心。"

我当然做了争辩，但显然无济于事。父亲拥有最后的决定权，只要谈及农场和动物时，总是他说了算。那天午饭时，他正嚼着面包。"从现在开始，安东尼托，"他用面包刀指着我，"你离它远点，明白吗，否则它会变成废物。离远点，听到没？"

对我来说，这简直就是世界末日。

我在房间里哭了几小时，绝食了好几天。我下定决心——我恨爸爸妈妈，再也不跟他们说话了，我要尽快带着帕科逃走。我只告诉了玛丽亚我的想法。要不是她，我真觉得我可能会绝食而死。她带我去畜栏看帕科和它的养母。我看到它正和它新认识的弟弟以及其他的小牛犊一起蹦蹦跳跳。玛丽亚向我保证帕科过得很开心。

"这难道不就是你想要的吗？"她说，"看看它。你不觉得它很快乐吗？"我无法否认。"那好，"她继续说，"如果它快乐，那么你也应该快乐。"

所以，这毕竟还不是世界末日。我决定我和帕科不需要逃跑了。不过，我打算要不时地、秘密地去看它。

不过也不算完全秘密行事，因为玛丽亚是我的"帮凶"、我的同谋。我们会等到没有人的时候，等到父母都在家里或在农场的另一边忙碌的时候，偷偷溜到帕科的畜栏。玛丽亚放哨，我就站在栅栏上叫帕科过来。

起初，我担心它会把我忘了。事实证明，这种担心是多余的，因为不管它在做什么，只要看见我，就会马上小跑过来舔我的手。我想它一定喜欢我手上咸咸的味道。我会让它像舔奶嘴一样舔我的手，它喜欢这样。对它来说，没有舔出牛奶来似乎并不重要，吮吸就够了。帕科吮吸的时候劲很大，所以等它吮吸完时，我的手总是又红又疼，但我并不介意。其他小牛犊会在附近转来转去，但我可不会让它们"尝"一

026

口的。我的手只属于帕科。有一两次，它的养母走过来，冲我摇着头角，但我总是站在栅栏的另一边，她很快就对我失去了兴趣。

只要条件允许，我就会把所有时间都花在栅栏上，跟帕科聊天，挠它的头，让它吮吸我的手。玛丽亚害怕被发现，不停地缠着我离开。但幸运的是，父母从未发现我们的秘密会面，当时没有，后来也没有。

帕科在第一年成长得很快，头上原本光秃秃的地方长出了角，它经常和其他同岁的小牛犊玩打斗游

戏，模拟决斗，还总是能赢。敏锐、迅捷，父亲已经认定它是牛群中最优秀、最高贵的公牛了。有时我会帮父亲把牛群赶到新鲜的牧场。我们骑在马上，棕色和白色的卡布雷斯特阉牛夹杂在它们中间，在我们驱赶的时候帮忙稳住它们。我总是骑着奇卡，那是农场里最老、最稳的母马。我想，她闭着眼睛都能正常行进。即使在那时，当公牛们一起奔跑时，你也可以很容易地认出帕科。它总会和牛群里那头硕大的五岁公牛一起跑在最前面。我为它感到骄傲，但除了玛丽亚，我从未对任何人提起过它。我记得她一再警告我不要太过喜欢它。"所有的动物都得死，安东尼托，"她告诉我，"那时你会难过的。"但我当时才六岁，根本不明白死亡是什么，从来没有想过。只是模糊地知道它发生过，但和我没什么关系，因为它只发生在老年人、老动物身上。帕科很年轻，我也还年幼，因此，我对姐姐的忠告充耳不闻。

起初，对残酷事实的认识总是缓慢的。有一天，在放学回家的路上，我遇到几个大点的男孩在绍塞迪利亚的井边附近闲玩，其中有几个在别人的簇拥下玩着游戏。这是一个我以前从没见过的游戏，所以我停下来看了看。

其中一人是我的表兄弟维托里奥，他正推着一个奇怪的装置。它只有一个轮子和两个把手，像手推车一样。然而，车轮承载的并不是推车，而是一个粗糙的木头框架，前面凸出来两只角，两只公牛角。现在我明白了，这是一场模拟斗牛的游戏。我在村子的咖啡馆里看到过一张图片，上面的斗牛士披着斗篷，公牛正向他们冲来。我一直以为这是一种舞蹈。维托里奥正推着公牛机奔向荷西，荷西则在最后一刻巧妙地避开了，牛角与他擦身而过，然后冲进了他打着旋的深红色斗篷里。每一次，他们都喊叫着："哦嘞！哦嘞！"整个过程就像优雅的芭蕾舞步，令人着迷。我

在人群后待了一会儿，完全入迷了。

接着，荷西手里拿着一根棍子，高喊着："刺杀公牛！刺杀公牛！刺进去！刺进去！"

突然，我脑海里浮现出一幅画面，那是帕科在冲向披风，棍子变成了一柄长矛，在阳光下锃锃闪亮，灰尘中鲜血挥洒，他们都在欢呼、大笑和鼓掌。我转过身，一路跑回家，泪水顺着脸颊流下来。我要去问一问玛丽亚，玛丽亚会告诉我这没关系，这并不是真

正斗牛时的场景，那只是个游戏，只是场舞蹈。

我找到玛丽亚，她正在窝棚收蛋。"这只是一场跳舞游戏，不是吗？"我哭了，"他们不会真的杀死公牛，告诉我他们不会的。"

我把我看到的一切都告诉了她。她吻去我的眼泪，尽力安慰我。"没事的，安东尼托，"她说，"就像你说的，这只是一个游戏，一个跳舞游戏而已。"

"帕科一定要参与这个游戏吗？"我问。

"我想是的，"她说，"但不管怎样，它不会想那

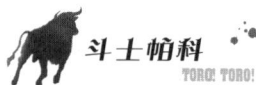

么多。安东尼托，动物的思维方式和我们不一样。动物是动物，人是人。"

我一遍又一遍地问她，直到她不耐烦，叫我别犯傻了。于是我对她大吼大叫，说她才犯傻，我没有——我骂她是一头傻牛。于是她朝我哞哞叫，向我冲来，我也向她冲过去。记忆里，我们在扭打中弄破了很多蛋，妈妈非常生气，但我放心无忧地上床睡觉了。人们总是相信自己愿意相信的东西。

后来，我们得到消息，胡安叔叔要来家里。胡安叔叔是我们全家最出名的人，我只在一次受洗仪式上见过他。记得他站着的时候，又高又壮，不管在哪里，人们似乎都围在他身边。他们称他为"舞者"，其实他是个斗牛士，一个真正的斗牛舞士。他住在马拉加，离这里几英里 [1] 远。我从未去过那里，但我知

---

1. 英里：英美制长度单位，1 英里 ≈ 1.61 千米。——编者注

道那是一个又大又重要的城镇，我的叔叔胡安曾在那里的斗牛场上与西班牙最好的公牛共舞，在隆达也是如此。

他的到来引起了极大轰动。村里的每个人都会来，我们会举办一场盛大的宴会。胡安叔叔来的前一天晚上，我把这件事告诉了帕科。帕科站在那里听着，摇着尾巴驱赶苍蝇。"也许有一天他会和你一起在斗牛场跳舞呢，帕科。"我说，"你愿意吗？"我在它喜欢的地方挠了挠，拍了拍它的脖子，然后离开了。

第二天晚上，胡安叔叔来了。我们在外面摆好长桌，坐下来吃海鲜饭时，足有二十口人。我无法把目光从胡安叔叔身上移开。他比我记忆中还要高大，也很严肃。晚餐中，他自始至终没有对我笑过，即使我和他的目光相遇。他的眼神仿佛看透了我。大家谈论的都是翌日在阿尔加的斗牛，说到时的斗牛场肯定

会人山人海、水泄不通，如果想看的话得早点到那里
占位。

　　我正要问父亲我是否能去，这时他把手搭在我的
肩膀上。"安东尼托也一起去，"他自豪地宣布，"这
将是他人生中第一次看斗牛，现在是时候了。虽然
年龄还小，但他已经是一个小男子汉了，我的小男
子汉。"

　　每个人都为我鼓掌，我感到非常自豪，因为父亲

为我感到骄傲。那天晚上，餐桌上充满了笑声，我喜欢这种感觉。

夜色笼罩着我们。风在高大的松树间萧瑟穿行，空中回荡着蝉的悦耳歌声。此刻，他们的谈话变得认真、严肃，所有人的脸都在灯笼的映照下闪闪发光。他们在谈论战争，一场直到那天晚上我才听说的战争。

每个人都低声细语，身体前倾，仿佛在外面的黑暗处有敌人在偷听、在监视。我所知道的是，北方有个讨厌的元帅，叫佛朗哥，正派西班牙外籍军团的士兵到安达卢西亚来攻击我们，而我们的士兵，他们称为共和党人，正聚集在山上准备与他们作战。

他们谈论的焦点很简单，连一个六岁的孩子都能理解，那就是，打还是不打，抵抗还是不抵抗。父亲坚持认为，如果我们照常生活，他们一定不会理睬我们。而另一些人则提出反对意见。于是他们再度低声细语，激烈地讨论着。

自始至终，胡安叔叔一直坐在那里抽烟。当他终于开口说话时，大家立刻安静下来。"这一切都是为了自由，"他平静地说，"一个没有自由的人，就没有荣誉、没有尊严，更谈不上高尚。如果他们来了，我将为安达卢西亚穷人的权利而战，让他们填饱肚子，我将为我们的思想自由和言论自由而战。"

没过多久，我就厌倦了所有的谈话，感到浑身发冷，于是悄悄溜回屋里，上了楼。当我经过我们为胡安叔叔准备的房间时，我注意到门是开着的。一只蛾子正绕着灯飞，它的影子在天花板上舞蹈。胡安叔叔的衣服摊在床上——那是一套斗牛士服，非常精美，上面绣着成千上万颗珠子，闪闪发光，旁边是一顶乌黑锃亮的帽子和一块深红色的斗篷。我蹑手蹑脚地进去，随手把门关上。听到楼下他们嗡嗡的谈话声，我确定现在不会有人过来。那套服装很重，但我还是勉

强套上了。当然，它吞没了我，大帽子搁在鼻梁上，使我不得不抬起下巴在镜子里看自己。然后，我拿起了穆莱塔——那块深红色斗篷。我旋转它，旋转它，让它飘浮起来，拍打着它，整个过程中我都在镜子前舞蹈，把镜子当成我的公牛。"哦嘞！"我对着镜子只

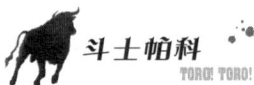

张嘴不发声地说，"哦嘞！"

突然，我身后有人开始鼓掌。胡安叔叔站在门口，满脸笑容。"你跳得很好，安东尼托，"他说着，在我面前蹲了下来，"任何公牛都顶不到你，再过一百万年也休想。太棒了！"

"我自己也有一头公牛，"我告诉他，"它叫帕科，是全西班牙最高贵的公牛。"

胡安叔叔点了点头。"你父亲跟我说起过它，"他说，"有一天我可能会在隆达的斗牛场与它共舞。你喜欢吗？你愿意来看我表演吗？"他摘下黑帽子，脱下我身上精美的斗牛服，还拿走了斗篷。我看着镜子里的自己，又变得平凡了，不再是斗牛士，只是安东尼托。

他拨弄着我的头发。"你要不要帮我练习？"他说。

起初我不太明白他的意思。然后他打开深红色的斗篷，站得笔直，几近天花板，跺着脚，摆动着斗篷。"冲!"他喊道,"冲!"我冲了上去。我一次又一次地冲了上去,每一次都被裹在他的大斗篷里,不得不奋力挣脱出来。

最后,他掀开斗篷,抓起我的腰,把我高高举起,这样我们就面对面了。"我们共舞得很好,小公牛,"他说着亲了亲我的双颊,"现在我们俩都得去睡觉了,我明天还有场重要的共舞。祝我好运吧,为我祈祷。"于是,我为他祈祷后便睡觉去了。

那天晚上我没怎么睡。当我醒来的时候,胡安叔叔已经走了。我们也早早出发,坐马车前往阿尔加。路上满是马匹、骡子和马车,都是去阿尔加斗牛场的。到达那里似乎花了很长时间。我和玛丽亚坐在一起,她出奇地沉默,整个上午没跟我说一句话。

斗牛场就像一个嘈杂而炎热的大锅,整个场地都在人们的兴奋激动中震颤。随着喇叭声响起,胡安叔叔身着华丽的刺绣绸服大步走进斗牛场。玛丽亚告诉

我，他身后的那些人都是斗牛士助手。我问这些助手
是做什么的，她似乎不想告诉我。相反，她抓住我的
手，紧紧地抓着不放。我突然焦虑起来。我抬头看了
看她，想让她放心，但她没有回头看我。

全场观众都站了起来，疯狂鼓掌。胡安叔叔停在
我们面前，向我们脱帽致敬。那一刻，我感到非常自

豪，非常幸福。喇叭声再一次响起，公牛坚定地奔向
斗牛场中心，那是一头闪闪发亮的庞然大物，在阳光
下黝黑俊美。然后它看到了胡安叔叔，斗牛开始了。

拯救帕科

如我所预想的那样，刚开始的斗牛场景和村里咖啡馆照片上的一样，不过，胡安叔叔并没有入场共舞，他只是在场边观看。他的一个助手在场内起舞斗牛，他的斗篷不像胡安叔叔的那样是深红色的，而是黄红相间。那头公牛向他冲了过去，一头扎进披风里。每一次冲锋，人群就大喊："哦嘞！哦嘞！"这场景就像我在绍塞迪利亚看到我的表兄弟维托里奥和荷西玩的那个游戏一样。

这段时间玛丽亚一直紧紧握着我的手。我觉得，

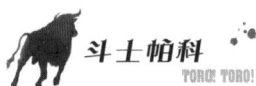

那头公牛正在享受比赛，在冲过去前用蹄子刨地，喷着鼻息，摇晃着脑袋。它看起来很像帕科，当然体形要比帕科大，不过也是以同样的方式高高昂起它的头。它一直不停地向前冲，那个助手不停地舞步避闪。这是一场精彩的比赛，我也享受其中，和其他人一起大喊大叫。

接着，第三声喇叭响起。我感到玛丽亚把我的手攥得更紧了。记忆中，接下来的几分钟如同一场恐怖的噩梦。

只见几名骑马带甲的长矛手进入场内，他们的马也身披护甲，公牛见状，便向前冲去。第一位长矛手举矛而刺，长矛深深刺入公牛的肩膀，公牛却一次又一次地向前冲。它身上流着血，很多很多血，人群鼎沸了，还在呼喊着要看到更多的血。我能从公牛的脸上看出来，它感到痛苦，但它一点也不害怕，它是一头勇敢而高贵的公牛。透过模糊的泪眼，我看到了一切——后面出场的花镖手在戏弄它，使它发狂，然后乘机用彩色的花镖刺入它的肩膀，最后留下它独自站在那里。它虽然在精神上蔑视、不服，但舌头已经耷拉在外，身体已然疲惫不堪、痛苦万分。

喇叭声再次响起。此刻一片寂静，胡安叔叔走上前去，摘下帽子。我听不见他说什么，也不想听。我知道接下来会发生什么，而且我恨他将要这样做。他笔直地站在公牛面前，撑开深红色的斗篷。"冲!"他喊道，"冲!"那头公牛向他冲了过去，一次，两次，三次，每次胡安叔叔都可以安然无恙地把公牛的角引入披风。现在，公牛已经没有力气做任何事了，只能站在那里喘气和等待。我看见胡安叔叔手里高高地举起一把银剑，仿佛是魔法般地从他那深红色的披风下冒出来的，在阳光下寒光闪闪。之后我没有看下去，因为我把头埋进了玛丽亚的肩膀。

"带我出去!"我恳求她，"带我出去!"当我们在

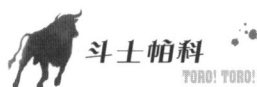

人群中挤着前行时，我最后一次瞥见这头公牛，它的尸体被骡子拖着，瘫软无力，流淌着血。胡安叔叔却在场内昂首阔步，接受掌声和鲜花。

到了场外，我直接吐了，不断地呕吐。玛丽亚

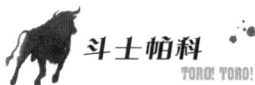

抱着我的头，把我带到村广场的水龙头旁，给我洗了脸。她没有用言语来安慰我，因为她不知道该说些什么。她只是让我对着她哭出来。

当我平复一些的时候，我问了她一个我已经知道答案的问题。"这就是帕科的下场，对吗？"

"是的。"她回答，然后抱住了我。"别哭，安东尼托，"她继续说，"帕科并不知道。你可以这样想：它的生命会在几分钟内结束，一切都很快。"

我把她推开了。"不！"我哭喊着，"我不会让这种事发生在它身上，玛丽亚，我不会。"就在那一刻，我下定决心，无论如何，我要把帕科从斗牛场拯救出来。"我要和它一起逃离，"我说，"再也不回来了。"

当天晚上，我就跟帕科面对面地做了承诺。它一看见我来，就像往常一样小跑着过来。我站在栅栏上，抚摸它的脖子，轻声和它说话。我没有告诉它那天我看到了什么——我不想让它知道。"很快，"我告诉它，"我会带你离开，这样你就可以在山间野外生活了，在那里你会永远安全。我会想办法搞定的，我保证。"但过了很长时间后，我才履行了我的承诺。

因为还有其他让人分心的事情。战争不再只是餐桌上的话题。在阿尔加斗牛后仅仅几个星期，第一批共和党士兵就来到了这个村庄，那是我们的士兵。有些人受伤了——我看到他们拄着拐杖，或者头缠着绷

带坐在咖啡馆里。有传言说其他人躲在村子里的房子里或者树林里。母亲说，战争对他们和我们来说都不顺利。她说我们必须给士兵们提供食物，这起码是我们能做的，这会给予他们再次战斗的力量。但我还是不知道他们为何而战。

现在，母亲几乎每天都派玛丽亚和我到村里去给士兵们送鸡蛋、面包、火腿和奶酪。有时，当我们把东西送到咖啡馆时，看到他们正在唱歌、抽烟、喝酒。我知道他们是我们的士兵，但他们看上去还是那么粗野。我害怕他们的眼神，即使他们对我微笑。但是我喜欢他们让我拿着他们的步枪，假装射击。

在家里，父亲不怎么说话。我们都知道是什么在困扰着他，因为他反对在这场战争中偏袒任何一方。与入侵者作战——他能理解。但西班牙人打西班牙人，表兄打表弟，他认为这是不对的，是完全错误的。而且，不管从哪个方面来看，这都会给我们带来麻烦。所以，他想让我们远离这一切。

但在这一点上，母亲是坚定的。不管父亲说什么，她都会给村里的士兵送去食物。他们在保卫我们，捍卫自由，所以她会帮助他们。母亲巧妙地辩论，尝试说服父亲，所以尽管他不同意母亲的想法，但还是让她做自己想做的事。然而，父亲终究不情愿，闷闷不乐，沉默不语。回想起来，我想当时我们一定都站在他的对立面。玛丽亚和母亲的确是这样，但我只是把食物送到村子里去，因为我想再听士兵们唱歌，并拿起他们的步枪。

这期间，我从未忘记过带帕科逃离这件事。我晚上躺在床上睡不着，就在想怎么制订计划。怎样才能从畜栏里把帕科和其他五十头牛分开并带到山上去呢？我应该怎么做呢？我想向玛丽亚吐露心事，向她求助，但又不敢。她很可能会告诉母亲——因为她俩更像姐妹，总是心心相印地谈天说地。不，我要秘

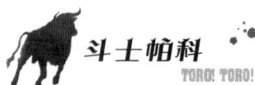

而不宣、缄口不言。不管怎样，我必须自己想办法解决。

有一天，我突然萌生了一个想法，当时我正和父亲把牛群赶往畜栏，那里离房子最远，但是草比较多。父亲和我一起在农场时似乎比在家里健谈。我想是因为他的公牛们，他心爱的黑公牛们。当和它们在一起时，他是最快乐的。我像往常一样骑着奇卡，从后面驱赶着它们。牛群从容缓慢地移动着——帕科和几头大公牛走在前面，父亲则骑马和我并肩而行。

"喂，安东尼托，"他说，"用不了多久你就能自己搞定这一切了，是不是？"

"没问题，爸爸。"我回答道，我也是认真的，因为就在回答的一瞬间，我终于意识到这是可以做到的，我可以借此让帕科获得自由。我知道这个计划很疯狂，这可能是我做过的最对不起父亲的事。但我必须拯救帕科，这是我唯一能想到的办法。

那天晚上，我躺在床上，强迫自己保持清醒。我一直在等，直到房子周边悄无声息，直到确信每个人都睡着了。父亲低沉的鼾声足以让我相信现在可以安全地离开了。

我已经在毯子下穿好了衣服。于是，我偷偷溜出了房子，穿过洒满月光的院子朝马厩走去。几只狗朝我低声呜呜，我轻轻地拍了拍它们，它们才没大声吼叫。我把奇卡从马厩里牵出来，骑着她沿着农场的小路往前轻声慢走，等走到看不见房子的地方，我快马加鞭，越过农场，向帕科的畜栏奔去。

我的想法虽然笨拙，但很简单。我知道要把帕科和其他公牛分开，把它单独放出来几乎是不可能的，而且即使成功了，它迟早也会跑回牛群，毕竟它是群居动物。我必须把它们全部放生，一起放生，尽可能地把它们赶到软木林里去，在那里它们可能会沉浸于大自然，永远不被发现。即使有几头被抓住了，帕科也

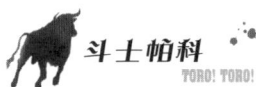

可能会幸运地不在其中。不管怎样，这样一来它至少
还有一点获得自由的机会，还有一点免于被杀死的机会。

　　我走近畜栏时，牛群在里面动来动去。它们被这
个奇怪的深夜来客弄得紧张不安。我在门口下了马，
把门打开。它们站在那里看了我一会儿，喷着鼻息，
摇晃着头角。我在夜色中轻声呼唤："帕科！帕科！
是我。我是安东尼托！"

　　我知道它会过来的，果然，它朝我慢慢地走来。
当我用甜言蜜语把它拉近时，它的耳朵不停地抽动
着，侧耳倾听。然后，当它走到敞开的大门时，其他
公牛也开始跟着往外走。之后一切都发生得太快了。

起初，它们慢慢地穿过大门，然后是小跑，接着是冲撞，最后是飞奔，从我身边疾驰而过。我敢肯定，帕科已经和它们一起走了，被蜂拥狂奔的牛群裹挟着走了。

我不知道是什么把我撞晕了，当我醒来的时候，我不是一个人。帕科站在我旁边，低头看着我，奇卡在旁边吃草。我不知道是不是帕科救了我，使我没被狂奔的牛群踩死。我知道的是，我的计划非常成功，比我所预想中要好得多。

我慢慢地站起来，惊讶地发现自己完好无损。我伤得不重，只是有点青肿，脸颊还划破了。我能感觉到手上的血黏糊糊的。我没有套绳，但我知道也不需要，因为帕科会跟在我和奇卡后面，就像被训练过一样。

我想在黎明前尽可能快地走远。除此之外，我没有想过我们要去哪

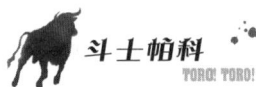

里，也没有想过我和它一起要做些什么。当我们沿着满是车辙的小道向山上走时，我的内心突然涌起一股狂喜。帕科自由了，现在我要让它自由。我对自己的所作所为不再愧疚，也没有想过失去宝贵的牛群对父亲意味着什么。我只知道帕科不会在斗牛场上惨遭杀戮——这对我来说是最重要的。我成功了，内心欣喜若狂。

奇卡似乎很熟悉这条路，她脚步稳健得像一头骡子。尽管我疲惫不堪，但从未从马上跌落。虽然困难不断增大，但帕科在我们身后努力克服，继续跟上。

在还没有看到黎明之前，我就感到了我们周围晨雾的潮湿。我们继续走，越来越高，然后进入雾中，直到最后一丝黑夜消逝，一轮朦胧的朝阳从山头升起。

我们突然来到一片空地上。远处有一间石头小屋，大部分已成废墟，旁边有一个圆形的石头围栏。我以前没见过这个，但见过其他的。在软木林中散布着几处这样的围栏，是为圈集牛群、绵羊或山羊而建造的。帕科跟着我们进去了，我在它身后关上了门。帕科和奇卡立刻开始用鼻子蹭草地，寻找吃的。我躺在墙边，不知不觉就睡着了。

温暖的阳光唤醒了我，或者是秃鹫的叫声，它们在我们上方那蓝色的天空中盘旋。雾已散去。帕科躺在我身边，反刍[1]着，舔着鼻子。奇卡站着，微蜷着一条腿[2]，半睡半醒。我在那儿躺了一会儿，试图整理一下思绪。

就在这时，我听到远处传来的嗡嗡声，像上百万只蜜蜂一样。但我没看见蜜蜂，也没看到别的什么东西。我想我一定是在胡思乱想，但这时帕科已经站了

---

1. 这是某些动物的消化方式，俗称"倒嚼"，指进食一段时间后将半消化的食物从胃里返回嘴里再次咀嚼。牛、羊、骆驼等被统称为反刍动物。
2. 马平时站着休息，会轮流休息腿脚，休息的那只腿微微弯曲轻轻放在地上，承载较少的体重。

起来，喷着鼻息。秃鹫突然不见了。嗡嗡声越来越
近，越来越近，直到它变成了一种有节奏的愤怒的咆
哮声，弥漫在我们周围的空气中。然后我看见了它
们，那是几十架机翼上画着黑色十字架的飞机，低低
地越过山脊向我们飞来。它们正好从我们头顶飞过，
引擎的轰鸣声震得我耳朵生疼。

我吓得蜷缩在墙边，捂住耳朵。帕科受了惊吓，
奇卡也在围栏里打转，寻找出路。等到飞机都飞走了，
我才爬上围栏的墙。伴随着引擎的尖叫，几十架飞机
正在俯冲，向着绍塞迪利亚俯冲，向着我的家俯冲。

在听到远处的爆炸声之前，我看到了第一批炸弹
的烟雾。就像某个复仇心重的神在用他的拳头猛击这
个村庄一样，每一拳都打出一团火烟，直到整个村庄

被一层烟雾笼罩。

我站在畜栏的墙上，努力不去相信眼睛所看到的。它们告诉我，我的整个世界被摧毁了，父亲、母亲和玛丽亚就在下面的某个地方，在那烟雾和火焰中。直到飞机飞走，直到寂静再次来临，直到我听到了自己的哭声，我才相信这一切真的发生了。

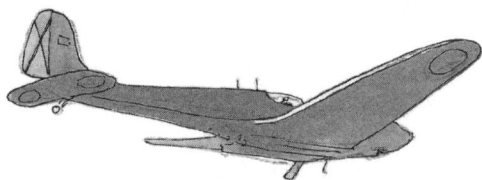

毁灭涂炭

帕科仍然惊慌不安，惶恐地绕着围栏转。所以当我抓住奇卡，把马领出门外时，它都没有注意到我。直到我把身后的门关上时，它才意识到发生了什么，向我们跑来。

"我会回来的，帕科，"我告诉它，"我会回来的，我保证。"

我骑上马走了。最后一次回头看它时，它正从大门望着我们，摇着头，用蹄子刨着地面。我们跑进了树林，就再也看不见它的身影了。有一段时间，我听

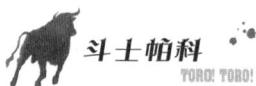

见它在呼唤我们，哀怨的吼声在山间回荡。在我们下面，硝烟沿着山谷飘来飘去，仿佛一层新的薄雾突然降临。

奇卡似乎明白情势紧迫，便沿着原路飞奔下山，时不时地跌跌撞撞。在小路最狭窄、最危险的地方，我便下来领着马继续向前跑。但无论是跑步还是骑马，我的脑子里都充满了对即将所见场景的痛苦和恐惧。我渴望尽快赶回家，再见到玛丽亚和父母，但我又不愿那么快，生怕我最担心的事情发生。一路上，我不时地爆发出一阵无法自控的啜泣。但是，当我们到达农场郊外时，我却出奇地平静，仿佛我再也没有眼泪可流了。

也许是因为我想得太久了，把能想到的情况都在脑子里过了几遍，所以，当看到我的家变成一片废墟、一片火海时，我并没有感到震惊。猪像往常一样在院子里嗅来嗅去，山羊忙着吃草，当我经过时，它们几乎没有停下来看我一眼。我站在院子里，看着我们的房子燃烧着，火舌从窗户里往外舔舐，带着一种可怕的愤怒。燃烧发出了呼啸声、爆裂声和喷火声，从中我听到了这种愤怒。我没有呼喊爸爸、妈妈或玛丽亚，因为我知道他们一定都死了，在那样的大火中没有人能活下来。我不知道自己在那儿站了多久，直到看见几只狗我才再次哭了起来。我发现它们躺在水槽边死了。我坐在它们旁边大声地哭，哭得心都要蹦出来了。

最终，火焰已经没有东西可烧，慢慢地熄灭了，只留下几堵烧焦的墙还在冒烟。我转过身去，奇卡跟着我，我们沿着路走进了绍塞迪利亚。

整个村庄已经面目全非，几乎没有一所房子幸存下来。但我听到了一些说话声，一些我熟悉的声音。接着我看见了他们，都是我熟悉的面孔。我的表兄弟维托里奥站在街上，满脸是血。他在号啕大哭，呼唤

着他的母亲。恸哭声不绝于耳。有些人迷迷糊糊地四
处游荡，喃喃自语。有些人呆坐在那里，眼神放空，
眼泪顺着脸颊流下来。我认出了在小咖啡馆的一些士
兵。其中几个人在井边往桶里装水，然后提着跑向街
对面一所仍在燃烧的房子。

直到那时，当我看着这一切的时候，我才意识

到爸爸、妈妈和玛丽亚有可能还活着。我开始询问他们的情况。维托里奥好像不认识我了，他只是盯着我看，一遍又一遍地重复："我妈妈……我妈妈在哪里？"我向见到的每一个人打听，但没人见过我的家人，没人能帮助我。

随后，我重新整理了思绪，怀疑自己是不是太快放弃他们了，我早该回家找的。就像其他人一样，他们应该可以活着出来的。

我翻身上马，奇卡以最快的速度载着我往家赶，一路上我巡视着周围的田野。当我走进庭院时，我喊了一声，但只有山羊咩咩地回应我。我找遍了每一座谷仓，每一个棚子。我骑马穿过田野，呼喊着他们，一遍又一遍，直到喉咙发痛，我知道已经没有必要再找下去了。

我坐在通往谷仓的台阶上，双手抱头，这时我听到了说话的声音。我站起来循声望去，是士兵。数百名士兵正沿着山谷向农场和村庄进发——那不是我们的士兵，因为他们穿着不同的制服。如果我现在逃命，还没跑到树林里就会被发现。所以，谷仓是我唯一的机会。

我赶紧冲了进去，想找个地方躲起来，任何地方都行。声音越来越近了。我顺着梯子爬到干草堆上，把自己深深地埋在里面，蜷缩起来，一动不动。他们现在就在外面的院子里，放声大笑。我先是听到奇卡的嘶鸣，然后是马飞奔而去的声音。接着他们开火了，我不知道是不是冲着奇卡。我把身子缩得更紧，咬紧牙关，不让自己哭出声来。

我听到下面谷仓里传来沉重的脚步声，有个士兵说："把这地方烧了吧。"

"以后再说，"有人回答，"我们还有更重要的事要办，先去绍塞迪利亚吧。"

在确信安全之前我一直躲在原地。最后，当我冒险从草堆下出来时，我发现整个农场一片荒芜，只有奇卡和几只猪在远处安静地吃着草。我立马下了梯子，飞快地跑过院子，爬过篱笆，穿过田野朝奇卡跑去。我跑过去把猪都吓跑了。奇卡站着不动，我翻身骑上去，立刻出发，朝着山丘和安全的地方飞奔。

我骑着马沿着前一天晚上走的路向上走，但现在

奇卡已经累了，路也走得很艰难。奇卡喘着粗气，所以过了大约一小时，我决定让马休息。我在一处泉水边下了马，好让奇卡一边休息一边喝点水。奇卡喝水的时候，我朝下面的山谷望去，看见了硝烟弥漫的废墟——绍塞迪利亚。

就在那时，枪击开始了，绍塞迪利亚的人民正在被屠杀。我站在那里，双手掩面。这些年来，枪击屠杀的声音仍然在我的脑海中回响。那天发生的是邪恶的暴行。虽然那时我还是个小男孩，不理解邪恶是什么，但我体会到了失去的滋味。我清楚，现在我没了爸爸，没了妈妈，没了姐姐，没了至亲，没了朋友，没了家乡。所有一切在一天之内都离我而去。幸好我还有帕科，还有奇卡，还没有被这个世界彻底抛弃。

黄昏时分，我们又来到了那块空地和石栏边。我骑马到大门口时叫了声帕科，但它并没有过来。它没有过来是因为它已经不在那里了。我发现石墙上有一个大洞，帕科一定是穿墙而逃了。我既不伤心也不欣喜。不管怎样，帕科已经逃脱了在斗牛场被屠戮的命运。但这一切突然变得不那么重要了。

我精疲力竭，躺在破败的牧羊人小屋里睡着了，奇卡陪在我身边，倚靠取暖。和奇卡一样，我也在附近小溪里喝了水，但饥饿和失去亲人的痛苦使我身心俱痛。当我闭上眼睛时，会看到爸爸、妈妈和玛丽亚的脸，看到我们的家在燃烧。我会听到枪声和火焰的爆裂声。我时醒时睡，害怕做噩梦，所以当我醒来时发现已经是第二天的早晨，我才松了口气。但饥饿仍在咬啮着我的胃。

回想起来，也许是饥饿拯救了最初的我，因为它把我所有其他的想法都从脑海中赶走了。我必须找到食物，而且我知道去哪里找——以前我和妈妈或玛丽亚经常出去采野芦笋、蘑菇（我能辨识出它们的好坏，或者我自以为我能），还有茎秆里满是汁液的蓟。

所以那天在山上，我们总是往更高的地方走，远离绍塞迪利亚。我采摘了所有能找到的东西，边走边吃。但无论我怎么努力，总是找不到足够的食物。我生吃一切东西，因为没办法生火，没办法做饭。我嚼着橡果，从杨梅树上拽下果实。这两种东西我都不喜欢，但有吃的总比没有强。一有机会我就喝水。当你饿的时候，即使是水似乎也能让你填饱肚子，至少可以有一小会儿的饱腹感。最糟糕的是，我眼睁睁地看着树

林周围都是食物——野猪、赤鹿、小溪里的鱼。我想它们是来挑逗我的。我试着轻轻地去抓鳟鱼，但一条也没抓到。

当然，奇卡可以毫不费力地找到吃的，边走边吃草就行了。奇卡现在是我的聊伴，是我唯一幸存的同伴。我们睡在森林的地面上、树木的树冠下、石灰岩洞穴里，在任何能找到庇护的地方歇脚停留。我总是走在森林茂密处，尽可能远离有人居住的地方。

我不知道，因为我真的不记得，我们一起在山上

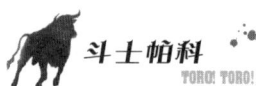

流浪了多少天或多少个星期。我只记得，最后，很少能吃到蘑菇、蓟和野芦笋了，因为没有那么多。我现在唯一能做的就是奋力爬到奇卡身上，紧紧抓住。我头晕目眩，觉得非常虚弱和困倦。一次又一次，我滑下马鞍，终于有一天我摔下来后，就再也爬不起来了。我躺在那里，仰望着奇卡，仰望着摇曳的树枝，仰望着飘浮的云朵。我听到风在森林中叹息，想起似乎是很久很久以前，在农舍外的提灯下进行的晚餐，那天胡安叔叔来了，就是斗牛的前一天。我记得他说过："一个没有自由的人，就没有荣誉、没有尊严，更谈不上高尚。"我能听到他对我说话的声音，还能看见他的脸。他露出斗牛场里时的微笑，一把抱起我来，就像我在家里和他玩斗牛时那样。

现在我能感觉到他正抱着我，对我说："你会没事的，安东尼托，你会没事的，现在我来照顾你。"我想我一定是在做梦，或者我们已经死去，在天堂里相遇了。我伸手摸了摸他的脸，那是一个活生生的人。真的是胡安叔叔。

黑色魅影

后来他们告诉我，救活我，让我起死回生是多么困难。胡安叔叔带我来到山洞时，我不仅消瘦不堪，而且发着烧。胡安叔叔和其他人尽其所能地为我做了一切。但过了几个星期后，他们觉得我可能活不过来了。我不记得自己当时的情形，迷迷糊糊中只记得胡安叔叔在我身边。他会用冷水为我洗脸，抚摸我的头发，和我说话，喂我吃我不想吃的食物。

我只知道自己躺在山洞里，能闻到做饭的烟味，听到人们说话的声音，还有一些男人、女人以及哭泣

的小孩在我周围走动。他们时常过来低头看看我，几乎贴上我的脸。有一天，我听到他们中的一个人悄悄地对另一个人说："这是胡安的小侄子，来自绍塞迪利亚，可怜的小孩。知道吗，他快死了。"

当时我心里想："不，我没死，我还没死。我不会让自己死的，我想再见到帕科，我要找到它。"于是我开始为了帕科而吃东西，慢慢地恢复了体力。在这期间，我开始观察周围的一切。

我很快发现，大家都把胡安叔叔当作领袖。每个人都指望得到他的鼓励和安慰，而且在很大程度上依赖他的意志力和坚定不移的乐观精神。每当他说话时，他都激励我们，赋予我们希望。希望是我们共同拥有的。山洞里住着五十多人。也许有一半是像胡安叔叔那样的自由战士。其余的都是躲在山里的难民，他们因为害怕那些屠杀的士兵和国民警卫队的警察而不敢回家。食物非常匮乏，我们只有晚上从村庄里或从周围的森林里捡些吃的东西。

我不必告诉胡安叔叔绍塞迪利亚被轰炸了。他知道这件事，这里的每个人都知道，但除了我，洞里没有其他人来自绍塞迪利亚，也没有幸存者的消息。我是唯一一个知道细节的。如果那天晚上我没有选择放走帕科，那么我也会死在农舍的废墟中，或者在试图逃跑时被枪杀。

我越是去想，几乎是不断地去想这些事，就越觉得自己没有资格活着。我不是侥幸活下来的，而是因为我没在现场。当时我正在远处做着糟糕透顶的错事。我把父亲心爱的公牛都放生了，把他所有的骄傲和快乐都放生了，剥夺了他毕生的心血。我现在哭泣，不是因为饥饿或悲伤，而是因为羞愧，因为我深深地意识到自己不配活着。

胡安叔叔会紧紧地抱着我，安慰我。"我知道，安东尼托，"一天早上，他用拇指擦去我的眼泪，对我说，"你看到了一些可怕的东西。我知道你一定很痛苦。这里的每个人都知道你现在的痛苦。所以哭吧，想哭就哭吧。但是当你哭过以后，就要再次勇敢起来，成为我勇敢的小公牛，敢于战斗。安东尼托，我们必须打败邪恶，而不是哭鼻子。你明白我说的吗？"他微笑着看着我，然后大笑道："我们人员虽少，但我们很强大。你知道吗，连飞禽走兽都站在我们这边，你听说马拉查的'黑色魅影'了吗？"

那时候，胡安叔叔经常给我讲故事，让我振作起来，帮我走出阴影。他讲得很好，我很爱听。

"我现在讲的可不像之前的那些小故事，安东尼托，这是真实发生的。你知道，山上有巡逻队，那些士兵和国民警卫队在找我们。别担心，安东尼托，他们是抓不到我们的。我们会伏击他们，和他们战斗，会把他们像兔子一样赶跑。但是昨天他们从马拉查的国民警卫队里派了二十多人巡逻。当时，巡逻队觉得好像有东西在树林里移动，于是开枪射击。突然，它从树林里现身了，是'黑色魅影'！你知道这个'黑色魅影'是什么吗？"我不知道。""那是一头高贵、年轻的斗牛。它立马朝巡逻队冲去。那些巡逻员什么反应呢？他们当即弃枪抱头鼠窜。但其中有一个跑得不够快，结果像煎饼一样被抛到了空中。接着，那头公牛把剩下的人驱赶殆尽，让他们七零八落地逃散进林子里。当那些巡逻员回头看时，它已经消失了，就像幻影一样，一个黑色的幻影。他们再去找它，但好像它从未去过那里。但它又好像确实到过那里，因为地面有蹄印，是一头小公牛的蹄印。安东尼托，你怎么看这件事？"

我想不出说什么好。我有那么多话要说，有那么多事想告诉他，但我什么也说不出来，除非我坦白所做的一切，但那样就会暴露自己。在他告诉我这件事的时候，我就知道是帕科干的。一定是帕科。帕科还

活着！它就在外面的某个地方，它在找我。总有一天我们会找到彼此，我现在十分笃定。

过了一会儿，因为我不得不说些什么，于是说道："那头公牛，它一定是全世界最勇敢的公牛。"

"你说得对，安东尼托，"胡安叔叔说，"如果它能勇敢地面对一切困难，那么我也能，你也能。"

"黑色魅影"的故事让我们从萎靡中振作起来——现在每个人都知道它了。那天晚上，整个山洞突然变

成了一个快乐的地方，耳边再次响起欢声笑语。当孩子们聚在一起玩游戏时，我也站起来加入了他们。我扮演一头高贵、年轻的公牛，我成了帕科。我像它那样刨着地、昂着头，在洞里来回冲击。其他孩子都尖叫着像兔子一样跑开了，就像马拉查森林里的国民警卫队一样。

　　但是这些乐趣和游戏都是短暂的。当晚晚些时候又有人开枪，枪声在山间回荡。危险又突然来临，此刻一片沉默，我们在恐惧中挤靠在一起。

第二天早上，胡安叔叔把所有人叫到一起。他告诉我们，我们都得搬到山里更深的地方去。那些士兵和国民警卫队一天比一天接近这里。山谷里发生了战斗，士兵正在森林里搜寻。如果我们待在原地，就会被发现。我们的长征就这样开始了，那是我一生中最艰难的一段日子，终生难忘。

我们所有人只有两匹骡子，还有奇卡，它们需要驮运仅有的几条毯子、少量的食物和几个年纪较小的孩子。食物很快就吃完了，接着又下起了大雨，道路

变成了泥坑和沼泽。我们的行进速度只能以走得最慢的人为准，她们是来自阿尔加的两位老妇人，两人是双胞胎姐妹。我听到胡安叔叔告诉两位老妇人应该让她们骑上骡马，而不是孩子们，但她们拒绝了。"胡安，年轻人必须活下去，"其中一位老妇人说，"而不是老人。我们已经活得够久了，有拐杖就可以了。"她们就这样走着，我们这些孩子轮流骑骡马。有时我骑着奇卡，胡安叔叔经常让我照看两个小孩，一个坐在我前面，另一个坐在我后面，紧紧抱着我。能再次被奇卡驮着的感觉真好，因为我能感受到奇卡的温暖和力量。

一天早晨，在野外熬过又一个寒冷的夜晚后，我们正为当天的跋涉做准备，这时我注意到来自阿尔加的两位老妇人没有动弹。她们一起躺在树下，互相拥抱着取暖。胡安叔叔在她们身边蹲下，想叫醒两人。我向胡安叔叔走过去时，立刻知道她们已经去世了。

她们静静地躺着，纹丝不动，其中一人把食指放在嘴唇上，仿佛希望世界安静下来。当胡安叔叔抬头看着我时，我发现好像所有的力量突然从他的眼睛里消失了，留下的只有一种深深的悲伤。

我们把两人葬在她们躺着的地方。从那以后，胡安叔叔就变了。我再也没见他笑过。他的那颗伟大的心似乎已不复存在，但尽管如此，我仍然把所有的信念和希望都寄托在他身上。对我，对所有人来说，胡安叔叔是唯一能带领我们渡过难关的人。他领着我们继续前行，越走越深。从每个隘口的顶上，我们总能一览更多的高山，座座山峰高耸入云。雨仍然下着，我们继续艰难跋涉，在前进途中不断有人加入队伍，更多的自由战士，更多的难民，人数从五十渐渐接近两百。

一天下午，当我们走出树林，进入一条河水流淌的狭窄山谷时，雨停了。突如其来的阳光温暖了我们

的后背，振奋了我们的精神。我记得我们唱着歌下到
山谷，看见前面的一块空地上坐落着农舍群，但那地
方似乎无人居住。

这时，有人从房子里走了出来，起初是一个接
一个，后来三三两两，再后来是十几个一起，他们惊
恐万状，浑身湿透，脸色苍白。但当他们认出我们是
谁，意识到我们不是敌人时，他们露出了兴奋的表
情，冲我们跑了过来。胡安叔叔和自由战士们像战无
不胜的英雄一样受到欢迎。陌生人相互拥抱，好似久
别重逢的好友，因为共同的苦难使互不相识的人成了
朋友。我们喜极而泣，因为我们还能团聚在一起，因
为我们还活着。

大家几乎一下子就聊到了"黑色魅影"。每个人
都听说了它，但只有我知道它是谁，只有我知道它是
帕科。每次我听到"黑色魅影"这个名字时，我都非
常肯定那就是它，非常笃定有一天我和帕科会再次

重逢。

我穿过人群，带着奇卡去河边喝水，这时我看到一个女孩站在我面前，睁大了眼睛瞪着我。玛丽亚！是玛丽亚！我不知道我们抱在一起哭了多久。

"妈妈呢？爸爸呢？他们在哪儿？"我问她，但她摇了摇头，陪我走到河边。到了河岸，奇卡在一边大口饮水，玛丽亚则给我讲了事情的经过——那天早上他们怎么也找不到我，于是让玛丽亚出门找人，后来飞机来了，房子被毁了。她想跑回去，但无能为力。房子火光冲天，她无法靠近。她到处找我，呼喊着我。猪、山羊和鸡受到惊吓，四处乱窜，飞机一直在轰炸和扫射。她满脑子想的都是逃走，于是跑啊跑。在森林里流浪了好几天，才遇到了一个烧炭人，他喂她吃东西，照顾她，把她带到这里，和其他人一起躲在山里。她说，他们已经在这里住了好几个星期，但是食物很少不够分，他们都很害怕国民警卫队会来。

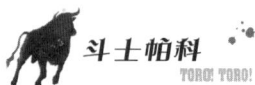

"你不用再担心了，"我告诉她，"因为胡安叔叔和他的士兵在这里，他们会照顾我们的。"

"胡安叔叔在这里吗？"她叫道。就在这时，她看见了胡安叔叔，马上跑过去扑进了他的怀里。

那天晚上，胡安叔叔一只胳膊挽着姐姐，一只胳膊挽着我。我们三个人坐在一起，在星空下聊天。过了一会儿，我们陷入了沉默，每个人都沉浸在各自的思绪中。就在这时，玛丽亚问了我一直害怕的问题。"你从没告诉过我，安东尼托，飞机来的时候你去了哪里？我找遍了所有地方都没找到你。"

我轻易地说出了准备好的谎言："那天，我起了个大早，骑着奇卡出去了，因为我想看看帕科。然后我听到飞机声，奇卡受惊狂奔。无论我怎么努力都没法让它停下，所以我只有紧紧抓住它不放，最后它驮着我跑进了山里。"

"谢天谢地，奇卡跑到了林子里，谢天谢地，你

那天早上骑马出去了。"玛丽亚说，"如果你没出去的话，我们俩就都死了，像爸爸妈妈一样。"

胡安叔叔把我们抱紧。"我决定了，"他低声说，"你们带着奇卡，今晚就走，现在就走。"

"为什么？"我问他。

"因为我们这里人太多了，而且没有足够的食物

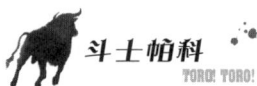

供应。我们迟早会被发现，终究会有一场恶战。我们会战斗，尽我们所能地去战斗。但我们人少，他们人多。我不希望这一切发生的时候你们还在这里。"玛丽亚想打断他。"不要说了，玛丽亚。我深思熟虑过了，这是唯一的办法。"

"我想要你们到马拉加，到我母亲家去——你去过那儿，玛丽亚，你会找到路的。替我问候她，安东尼托，好好照顾她。像儿子一样孝顺她老人家，你能为我做这件事吗？"

"我会的。"我说。

"顺着河流下到山谷去，你们将在那里走上大路。国民警卫队不会伤害你们的，因为你们是孩子。他们也有自己的孩子。"

他把我们带到奇卡站立的地方，那里在月光下白茫茫一片。他抱了我们一会儿，亲了亲我们的额头，然后依次抱起我们，让我们跨坐在奇卡背上。

我们沿着河岸骑马走了，留他独自在那儿。我们在马鞍上不停地回头看他，直到黑暗把他从我们身边带走，只剩下我们姐弟俩。

我们确实看到了士兵，很多很多，但幸运的是，他们无视了我们。国民警卫队有几次停下来盘问我们。玛丽亚告诉他们我们要去马拉加看姑婆，每次他们都点头放行。无论我们在哪里过夜，人们都会给我们提供食物和住处。如果问我在最后的逃难中学到了什么的话，那就是当我和难民一起躲在山里的时候，那里的每个人，无论是男人还是女人都充满了仁慈，这种力量比他们作恶的能力更为强大。

多日骑行后，我们终于到达马拉加，来到胡安叔叔家里。我开始按照胡安叔叔的嘱托去做。我转达了他对母亲的关心和问候，并使自己像儿子一样孝顺她。玛丽亚也和我一起照顾她。我想她早就知道胡安叔叔回不了家了。她在悲痛中坚强而骄傲地活着。后

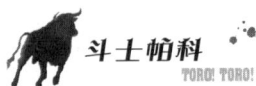

来，我们一直没有胡安叔叔的消息，就像内战中成千上万的人一样，他消失了。但他从未被遗忘。

没被遗忘的还有"黑色魅影"。即使在马拉加，在我的新学校，许多人也听说过它。有很多关于它的故事，有的说它深夜在科尔特斯的大街上游荡，咆哮着反抗，有的说它在赫雷斯城外的山上被牧羊人发现，甚至在高辛的城堡里还被看到过。传说它在科尔特斯附近袭击了一个数百人的士兵纵队，把他们赶跑了，还在科尔米纳尔大街上追击了一名国民警卫队的官员。当我还是个孩子的时候，我就知道这些故事不可能都是真的——当然，我很希望它们都是真的。但是"黑色魅影"的存在和它成功的故事足以让我们在战败时的绝望中仍然充满希望。我心里一直抱有希望，希望有一天能再见到帕科。但随着时间的流逝，这种真假参半的传说越来越多，与帕科相见反倒成了最难实现的奢望。

对我来说，年事已高的妮娜姑婆是一位最好的母亲。而玛丽亚，也就是你的姑婆，她永远是我的知音知己，我伟大的保护者，我最亲密的朋友。永远都是。

几年后——那时我可能已经十九岁或二十岁了，我在马拉查附近的森林里找到了一份砍伐软木的工作。我独自一人，忙完一整天的工作后总是筋疲力尽。有一天，我为自己生了一堆小火，晚饭后躺在火边睡觉，骡子们在旁边蹒跚信步。我一下子就睡着了，然后做了一个奇怪的梦，梦见帕科躺在我身边，反刍着，舔着鼻子。它离我那么近，我都能闻到它身上的奶香味。我醒了，但帕科不在那里。它当然不会在那里，那只是个梦。但当我起身时，我注意到附近的草地被压平了。我伸手摸了摸，那里还是温暖的。然后我看到了蹄印，一头巨大公牛的蹄印。是帕科，它找到了我，我们终于找到了彼此。"黑色魅影"并

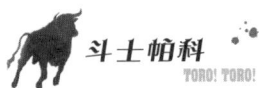

不是幻影。我不停地呼唤它，但它一直没有出现。

在那之后的几年里，每当在软木林里工作时，我都会四处寻找帕科，尽管我知道它不可能还活着。但

这并不重要，它出现一次就足够了。对于帕科，我始
终秉持着乐观的期待。

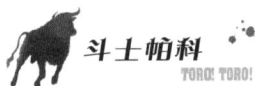

斗士帕科
TORO! TORO!

*****

　　在讲述整个故事的过程中，我孙儿的眼睛一直没离开过我的脸。但在我讲完之后，他似乎觉得并未尽兴。

　　"这真的是最最糟糕的事情吗？"他问道，他看起来有点失望，"你就没有打破过任何窗户吗？"

　　"我不记得了，"我说，"希望没有吧。"

　　这时，前门开了，我听到了安东尼托妈妈的声音。"我回来了。"她喊道。安东尼托从床上跳了下来。

　　"保密，安东尼托？"我说。

　　"保密，爷爷。"他冲我笑了笑，走出了房间。我走到楼梯口时看到他已经扑进了妈妈的怀里，紧紧地抱着她。

　　"对不起，妈妈，"他哭着说，"我真的很抱歉。"他抬头看着妈妈的脸，"妈妈，我们永远不要打仗，好吗？"

"当然不会，安东尼托。"

"你不会死的，对吗？你不会死的吧？"

"我想一时半会儿是不会的，"她回答，然后看见我站在那里，"爷爷，这是怎么回事？"

我耸了耸肩。"谁知道呢？"我说，"小孩子的心思，谁也猜不到。"